Mais il se rend vite compte que l'école, ce n'est pas si mal...

En arrivant à l'école maternelle, Arthur découvre une salle de classe accueillante et chaleureuse.

C'est la rentrée pour Arthur le crocodile ! Aujourd'hui, il s'apprête à vivre une nouvelle aventure : sa première journée d'école.

Comme toi, Arthur ressent un mélange d'excitation et de nervosité. Il regarde sa maison et se demande comment se passera cette journée.

La maîtresse lui sourit et lui souhaite la bienvenue. Elle comprend que c'est son premier jour et le rassure en lui disant que tout se passera bien.

Arthur fait la connaissance de ses nouveaux amis de classe. Ils sont tous un peu timides, mais la maîtresse les encourage à se présenter les uns aux autres.

Petit à petit, ils commencent à partager leurs intérêts et leurs jeux préférés. Arthur se rend compte qu'il n'est pas le seul à ressentir cette excitation et cette appréhension.

La journée se déroule avec différentes activités amusantes. Arthur s'amuse à dessiner avec des crayons colorés et à jouer à des jeux éducatifs.

La maîtresse explique patiemment chaque activité et encourage les enfants à faire de leur mieux.

Lorsque vient l'heure du déjeuner, Arthur découvre la cantine de l'école. Il se retrouve entouré d'enfants qui partagent un repas équilibré et délicieux.

Après le repas, Arthur profite de la récréation dans la cour de l'école. Il découvre les balançoires, les toboggans et les jeux d'escalade.

L'après-midi se poursuit avec des histoires captivantes lues par la maîtresse. Arthur s'assoit confortablement et se laisse emporter par les aventures des personnages.

Il réalise que la lecture est une source infinie de découvertes et d'imagination.

En fin de journée, Arthur est surpris de voir à quel point le temps a passé vite.

Il se rend compte qu'il a à peine eu le temps de profiter de toutes les activités passionnantes de cette journée.

Il repart de l'école avec un sourire radieux et plein d'histoires à raconter à sa famille.

Souvenez-vous, le premier jour d'école est le début d'une aventure passionnante. Restez positif, ouvert d'esprit et profitez de cette opportunité de faire de nouvelles découvertes et de vous épanouir.

Ce livre était génial, n'est-ce pas ? Faites-nous part de vos commentaires et dites-nous ce que vous avez pensé - nous sommes impatients de les entendre ! Les critiques aident d'autres lecteurs comme vous à découvrir des perles, et elles me rendent heureuse. Alors n'hésitez pas à laisser un commentaire sur votre site de vente au détail préféré ou à m'envoyer un courriel avec des mots gentils - je serai ravie.

Questions:
Email : racingdreamspress@gmail.com

Printed in France by Amazon
Brétigny-sur-Orge, FR

13735127R00022